감포에는 촛불 하나 밝히셨는가

임상갑 시집

불교문예

겨울 산을 오르다가

언 노루발풀을 만납니다.

두 손으로 감싸려다 그만,

노루발풀 한 마디에 얼른 물러납니다.

네 얼어붙은 마음부터 녹이라고 말입니다.

|차례|

■ 시인의 말

1부

2부

3부

I부

가시박덩굴

아버지가 그리하라 하시어서
모든 것은 강으로 내려왔고 그것은 흘러 바다가 되었다
그리고 그 위에 하늘이 앉아 있었다

금빛 비단옷 벗겨내고 배를 갈라 금구슬을 훑어 내던 날
엉겁결에 아랫도리를 얻어맞은 금강 청벽이 휘청거렸다
큰물로 땅을 반으로 가르려던 그 사람의 마음에는
버들잎 한 장만도 못한 큰 세상이 있었고
튀어 오르는 잉어의 물방울 하나에는 안중에도 없었다
구겨진 물결 위에 올라앉아 삼배三拜를 받고 있는
삶은 돼지 대가리가 껄껄 웃는다

분홍진 개복숭아꽃 넣 놓고 보았지
열매 떫은 줄 사람들은 몰랐다
검게 고요한 물속에 감춰진
찌그러진 왼쪽 눈이 잔인하게 번득인다

댐이 돼버린 금강 변에 난데없는 가시박덩굴이 산다
열매에 투명한 가시가 달려
짐승에게 박히면 짐승이 죽고
사람에게 박히면 살이 곪아 터진다
다른 식물 기어올라 숨통 조이고 말려 죽인다

이 놈의 명 청한 박 덩굴

각시취

시들어 고개 숙인 추한 입술을
바람이 멀뚱거리며 지켜보다가 갔다
댐이 물을 내리는 소리의 기억들은
까치발 뛴 뒤꿈치를 근질거리게 했고
흩날리는 물비린내를 아랫도리가 감싸 안으면
각시취 얼굴에서는 꽃피는 소리가 났다

가지마다 자주색 꽃 사르르 앉아
각시 같은 자태 뽐내던 각시취
대청댐 수문 아래 비탈진 언덕에
각시취가 잎을 다 지우고
씨앗만 매달은 채 바람에 흔들리며 서 있다
모든 삶은 죽음이 만드는 것
씨앗마저 다 떨구고 나면
내년 여름 자주꽃 다시 피려나

울컥,

가슴 한쪽 주먹만 한 사연이

댐 위에서 둥근 무덤처럼 내려오고 있다

버들가지에 기댄 발목이

드문드문 남은 하늘을 바라보며 천천히 주저앉는다

겨우살이洞靑

　축원 기도 마친 주지스님이 가면서 먹으라고 잘 말린 곶감을 안겨 주신다 백양사 돌아 나오는 눈 덮인 숲길, 수백 년 된 갈참나무 밑둥치에 허리를 구부린 잔나비걸상버섯이 동자승 기도하듯 웅크리고 앉아 있다 가지 위로 나무인지 풀인지 알 수 없는 겨우살이가 흰 눈을 불도화 마냥 머리에 쓰고 부처님처럼 앉아 있다 겨우살이 앉은자리는 젖 물린 어미의 상처 난 젖무덤처럼 울퉁불퉁 부어 있다 평생을 흙 한 번 밟지 않고 어미나무에 붙어사는 겨우살이, 금생이 전생의 연속이라면 겨우살이 지은 선업善業 참으로 컸겠다

　백양사에서 내장사로 넘어가는 얼어붙은 고갯길 누군지 길 만든 사람 고생 좀 했겠다고 중얼거리니 운전석 옆자리 주무시는 큰 스님이 잠꼬대를 하신다 길 닦는 놈 따로 있고 길 가는 놈 따로 있다는

14

네 잎 크로바

태어나 첫 숨을 쉰 곳으로 왔다
말로만 알았지 깨닫지 못하고
밀봉된 떫은 밤을 너덜거리며 걷는다
팽팽했던 그의 삶이 느슨해지며
폐가처럼 기울어 가고
화살 맞은 산짐승처럼
새 그물에 걸린 날짐승처럼
심장 속 피는 밤마다 굳어져 갔다
좀 슬은 발뒤꿈치가 스물거리며 주저앉는다
꽤 오래된 죽음으로 살아 있던 건 아닐까

어둠속 웅덩이를 첨벙첨벙 걸어가며
그는 그제야 얼핏 알았다
물고기가 물속에서 행복을 찾고 있었다는 것을
세 잎 크로바를 질겅질겅 밟으며
네 잎 크로바를 찾고 있었다는 것을
행복을 깔고 앉아 행운을 찾으며
그는 풀밭에서 소멸되고 있었다

까마중

너는 누구냐

까만 염주알 모아놓은 듯 오글오글 포도송이처럼 열려

왠지 따서 먹고만 싶어지는 너

반질반질 어린 중머리 닮았네

골목길을 한참 돌아 양지 바른 곳

사람과 가까운 길 위에 터를 잡고

돌 틈새 흙이 조금이라도 있으면 너는 살아

봐주는 이 없이 한 여름밤이 지나고

누런 잎이 떨어질 때쯤이면 물기 없는 가지만 남아

탁발 떠난 주지스님 기다리는 동자승 마냥

고개 숙인 네 모습 따라 어김없이 또 가을이 간다

내 그림자 속에서

썰물과 밀물 사이를 떠밀리며 칠게처럼 잠을 잤어

먼 곳도 가까운 곳도 아닌 지금 여기

몸이 허물어져 가는 이 공간보다

더 큰 공간은 없는 거라

빈 논에 혼자 남은 허수아비처럼
언젠가는 그냥 주저앉는 거야
생겼다 사라지는 날 그믐달처럼 울지는 말아야지
나도 그냥 가을 따라 맨발로 걸어가는 거야

노루귀

정수사 뒷산 양지바른 곳
눈, 얼음 뚫고 나오는 파설초破雪草
봄 오는 소리 들어라
분홍노루 자주노루 흰노루 청노루
옹기종기 모여 앉아 소근 대는
함평이씨* 전설 들어라

아침 이슬에 반짝이는
솜털 감싼 꽃대 올리고
돌돌 말린 이파리 종긋
언 땅 밀며 나오는 노루귀 보아라
가냘프고 유약한 동정,
그냥 그대로 노루귀 보아라

얼굴만 보이는 엄지손톱만한 꽃
바삐 걸으면 보이지 않는 꽃
조심조심 살펴 걸어

이곳도 보고 저곳도 보고

분홍꽃 자주꽃 하얀꽃

청노루꽃 보아라

* 사냥꾼에게 쫓기던 노루를 농부가 구해주니 노루는 은혜에
보답으로 묘 자리를 알려주고 유유히 사라졌다. 이후 그곳에
조상의 무덤을 쓰고 대대손손 부와 명예를 얻었다는 전설.

노루발풀

이른 아침 얼어붙은 정족산 계곡을 따라

딱따구리의 나무 쪼는 소리가

잠에 취한 산을 깨웁니다

잠자던 노루발풀도 깜짝 놀라 아침이슬 털어냅니다

겁 많은 노루가 까만 밤을 보냈을

작은 소나무 아래에서는

동그랗게 온기가 올라옵니다

모든 나무들은 낙엽이 지고

낙엽은 풀들의 이부자리가 됩니다

수북이 쌓인 낙엽 사이사이

지난밤 추위에 얼어붙은 노루발 풀이

얼굴을 내밀고 있습니다

두 손으로 감싸려다 그만,

노루발풀 한 마디에 얼른 물러납니다

네 얼어붙은 마음부터 녹이라고 말입니다

이 겨울이 지나면

긴 다리에 고개를 숙인 노루발꽃이

겁먹은 얼굴로 하얗게 분홍지게 피어날 것입니다

대마

−삼

당신은

삼베옷 갈아입고 깊은 신음 같은 노래 부르며

너울너울 춤추며 갔습니다

달을 사랑하는 귀뚜라미가 우는 밤

잘 빗어 넘긴 바람 소리처럼 당신은 갔습니다

별들이 매달린 밤하늘이 기울 때쯤,

더듬거리며 왔던 길을 따라

하늘의 오곡을 저장한다는 무곡성이 떠 있는

북쪽으로 걸어갔습니다

허공에 무슨 뜻이 있었겠습니까

나뭇잎 한 장만도 못한 큰 세상 살다

환각 속 대마옷 입고 춤추는 그림자

풀숲에 버리면 그만 이었습니다

누군가

달빛 아래에 가면 당신을 볼 수 있다기에

아직 겨울이 남은 마루에 앉아 달을 봅니다

두 뺨이 젖은 달빛이 내려옵니다

얼른 두 손으로 안아 내 울음소리에 담습니다

갈대

소래포구 염전습지
갈대꽃이 무희들의 풀어헤친 갈색 머리칼이 되어
달빛 따라 흐른다
너는 조용히 흔들거렸다
부러지지 않겠다는 듯 흔들거리는 갈대 사이
세상에 혼자 버려진 듯한
복받치는 슬픔의 깊은 곳에서
너는 여럿 울렸다

덕적도를 돌아 불어온 바람은
너의 텅 빈 가슴 속으로 파고들어
하얗게 말려 주름진다
서걱거리는 바람에 알몸이 되어
굵은 핏줄 솟아오른 너의 발등 위로
소금꽃 핀다

고요한 사내의 목젖이 너의 앞섶을 끌어당기는 밤
눈먼 너의 입술은 노래였고
그 노래는 숨어 우는 작은 흐느낌이었다

독새풀

독사풀이라고 불렀다
꽃피면 머리 곧추세운 꽃뱀 닮았다
바가지로 곧추선 머리 냅다 훑으면
돌에 맞은 뱀처럼 독사풀 흐느적거리며 드러눕는다

사변 때 그랬다는데
어린 싹은 잘라 국 끓여 먹고
씨앗 익으면 바가지로 훑어 죽 끓여 먹었다는

울레기 마을 앞
성난 대게의 앞발처럼
네 개의 보습을 치켜든 트랙터가
독사풀 가득한 논으로 치닫는다
소매를 팔꿈치까지 걷어 올린 장 노인이 논둑에 앉아
독사풀 갈아엎는 트랙터를 바라보고 있다
평생 햇빛에 그은 검붉은 손등 위로
튀어 오른 핏줄이 번들거린다

광대뼈가 검어지고 가슴이 좁아진 장 노인
이제는 독사 풀씨 훑지 않는다

트랙터 지나간 자리 금세 봄이 갈린다
성급한 물꼬는 물 먼저 잡으라고 헛소리 한다

며느리밑씻개

저런!
달이 무릎 사이 얼굴을 묻고 울고 있다

그의 옆을 지나간
잘게 부서진 시간의 조각들은 저만치 혼자서 울고
제 울음소리에 놀란 발자국소리는 숨을 죽인다

눈을 가리고 맷돌을 돌리는 암 당나귀처럼
어느 날은 귀머거리 되었다가
어느 날은 벙어리 되었다가
그러다가 달이 되었을 때 비로소
삶은 길 위에서 객쩍은 농담처럼 지껄이다가
훌쩍 가버린다는 것을 알고
그 자리를 차지한 어리석음은 꺼억꺼억 울었다

다음 생은 집비둘기나 모란으로 태어나게 해달라며
장독대 앞에서 육십삼 광년 떨어진 메그레쯔*를 불러

주문을 외워 보지만

수많은 지나간 삶속에 남아 있는 내 것은 없다며

문곡성*이 며느리밑씻개 되어 반짝거린다

*메그레쯔, 문곡성 : 북두칠성 일곱 개의 별 중 하나.

명아주

지난봄 텃밭에 곧게 자란
명아주 한 그루 잘 다듬어 지팡이 만들었다
아버지의 굽은 등 위로 멍든 세월이 내려앉아
삐거덕거리는 등뼈 소리 듣는다

등이 튀어나오고 갈비뼈만 남은
수명이 다한 나귀처럼
한 발 한 발 옮길 때마다 위태롭다
굽은 허리 중심 잡으려
손에 쥔 지팡이가 좌우로 흔들린다
마지막이 소풍 같은 날
그마저도 걷지 않으면
다시는 땅을 밟지 못할 거라는 듯
아버지가 앞마당을 돈다

마당 한쪽 낡은 의자에 앉아
까닭 없이 흐르는 구름을 바라보며

늦은 가을,

이제 된서리 내릴 때쯤에는

죽어도 괜찮겠다는 산국처럼

고요하게 숨을 고른다

바랭이

"다음! 16번, 17번, 18번, 9456 스타렉스에 타고"
세 사람이 가방을 둘러메고 뛴다
시간이 지날수록 초조해지는 인력시장
막걸리를 풀어놓은 듯한 새벽안개가 서서히 벗겨질 때쯤
"어이! 장씨, 박씨, 소주나 한잔 하세.
니미널 바랭이 같은 인생"

잡초라고 불렀다
살아야 했다
한여름 흙먼지 같은 세월에
서걱거리는 밭둑 언저리를 서성거리다
소낙비 한 줄금에 납작 엎드려 바닥을 핥으며 기어든다
호미로 뽑고 트랙터로 갈아엎지만
바랭이는 잘린 마디마다 뿌리내려 흙을 움켜쥐었다
햇빛이 드는 틈만 보이면
가던 길 멈춰 서 줄기를 빳빳이 세우고
주눅 드는 법도 없다

잡부 인생 바랭이 닮았다

화초는 사람의 뒷배를 믿고
바랭이는 하느님의 뒷배를 믿고

새삼*

−토사자

가만히 쪼그리고 앉아 널 본다

아무리 찾아봐도 뿌리가 없다

담 넘어 기웃거리며 별채 아씨 넘겨다보는

근본 없는 종의 자식처럼

흘금흘금 눈치 보며 향내 따라 휘감는다

노란 투망 쳐 놓은 듯

산국을 타고 올라 끌어안고

목덜미에 빨간 이빨 자국 내며

비린내 나는 아랫도리 핥는다

아랫도리 잎은 이미 다 떨어졌다

정신을 잃고 발목이 접힌 채 누워 있는 산국을 끌어안고

마지막 남은 파란 피를 빨며

새삼은 아직도 휘감은 팔을 풀지 않는다

찐득한 진액으로 만들어진 토사자,

남자들 정력에 최고라는데

튼실한 토사자 씨앗 골라

목구멍이 잘록한 화병에 넣으면

처음 맡아본 꽃냄새에 화병은 진저리를 치고

토사자가 수십 마리 나비되어 날아오른다

* 새삼 : 뿌리가 없는 덩굴 식물로 다른 식물에 기생하여
양분을 섭취하며 산다.

솔잎

눈은 항상 푸른 것을 좋아했다
늘 푸른 것은 맑고 정의로움을 상징했다
치환된 푸른 마음이 가슴 속에서 붉게 물들어
뾰족한 바늘이 되고 있다는 것을 느끼고 있지 못했다
내가 네 가슴을 녹슨 솔잎으로 후벼 팠다면
내 가슴 속 솔잎은 아직도 푸른색이었을까?
병을 앓는 달처럼 어두운, 지독하게 몰락해가는 밤을
상처 난 발목이 절룩거리며 혼자 걷는다

군내 나는 막걸리에 취해 비틀거리는 세월이
오랫동안 쌓여 있던 낙엽을 태우며 허기를 채운다
희미하게 들리는 119구급차 사이렌 소리에
심장을 열고 나온 주먹만 한 돌덩이가 중얼거린다
"지나고 보니 그러네.
푸른 것은 위선이었고, 녹슨 솔잎은 폭력이었어.
무심하게 살걸 그랬어."
의식을 잃은 심장으로는 돌아가지 않겠다는 돌덩이가
잘 지내라며 구급차 구석지에 가 앉는다

씀바귀

초록이 푸짐했던 계절이 지나고
나락이 누렇게 익을 때쯤이면
바람은 목이 긴 장화를 신고
해마다 어김없이 나타났다
그놈이 몇 번인가 크게 숨을 고르고 나면
나락은 발목이 꺾인 채 경련을 했다

빈 논배미
살얼음발 솟아난 논바닥에서
청둥오리 서걱서걱 겨울을 먹는다
서리태 뽑아낸 논두렁에
씀바귀가 갈빛으로 납작 엎드려
실뿌리 살아 움직이는 소리 듣는다
겨울바람 거칠어 땅이 얼면 얼수록
뿌리는 더 깊이 파고들어
쓴맛 보일 봄을 기다린다

와송

별 보고 살았다
새벽이슬 먹고 살았다
기와지붕 위
아무것도 없는 곳에 모든 건 다 있었고
가만히 앉아 있었지만 모든 걸 다했다
한 생을 절 지붕 여와에 붙어살다
꽃피고 나면 죽는다
올해 피면 올해 죽고
내년에 피면 내년에 죽고

꽃피고 시든 너
한쪽 발 허공에 딛고
막새 끝에 매달린 채
날아올라 날아올라 외치는
바람소리 풍경소리 듣는다

그 밤

막새 끝에 매달려 울다

풍경 속 헤엄치는 물고기 따라

달빛 속

너는 날아올랐다

왕골

껍질은 벗겨 돗자리 만들고
하얀 속살은 누엣자리 만들었다
잎을 엮어 신발을 삼던 때도 있었다

달그락 달그락 고드랫돌 부딪는 소리
강화도 여인들 인생 엮는 소리
백 방석 깍두기 방석, 무지개 방석
고운 이름 지어주고
화사한 꽃자리 만들어 남 줄 줄만 알았지
그이들 그 자리 평생 한 번 앉아보지 못했다
고왔던 손은 까맣게 물들고
손톱은 들떠 아리고 아프다

고드랫돌 넘길 때마다
치자 빛 소리 쪽빛 소리가
당산리 겨울 밤 인적 끊긴 골목에서
달그락 달그락 소근거린다

자주감자

황토벽에 널린 무청은 밤바람에 서걱거리고
마당 앞 팽나무에서는 부엉이가 울었다
초저녁 지핀 군불 냄새가 아랫목을 태우고
어머니가 화롯불에 묻어둔 감자가 익어갔다
라디오에서 흘러나오는 연속극을 들으며
구멍 난 양말 뒤꿈치를 꿰매던
어머니의 모습을 바라보고 있었다

텃밭에 감자꽃이 피었다
먼 산만 바라보는
흙냄새 밴 어머니 닮은 꽃
감자알 맺지 못한다고 따버리던 꽃
등짝을 바라보는 것만으로도 행복해 하시며
"너만 잘살면 된다"며
거친 손으로 등을 쓸어내리시던 어머니
보라색 감자꽃에서는 어머니 냄새가 났다
어머니의 삶은 자주감자꽃 같았다

으악새

―억새풀

강가에서 바람이 했던 말은 모두 거짓말이라며
걸핏하면 누워버리는,
여자의 순정을 노래하는 갈대가 아니다
난시의 눈으로 본 그들은
으악새가 슬피 울고 강물이 출렁거린다며 슬퍼했다

겨울은 아직도 멀었는데 첫눈처럼 피었다
붉은 하늘을 움켜쥔 저녁
쇠백로의 하얀 깃털처럼
댕기 깃 우관을 세우고 서 있는 억세꽃 위로
하얀 사연들이 붉게 물들어 떠다닌다

바람 불던 그믐밤 으악새는 노래를 사냥했다
신병을 앓는 새끼 무당의 울음소리처럼
초승달의 목젖이 부어오를 때
흰 핏줄 드러난 맨 발등 위에서는
텅 빈 갈빗대의 웅성거리는 소리가 났다

잠이 든 으악새의 무릎뼈가

발목과 발목 사이 엎질러진 하얀 털을 쓰다듬으며

외로운 날에는 첫눈이 왔으면 좋겠다는 꿈을 꾼다

모두가 잠든 밤

직박구리가 억새풀숲에 집을 하나 짓겠다며

으악새에게 살며시 다녀갔다

부평초
　－개구리밥

촘촘하게 박음질한
초록색 카펫을 깔아놓은 듯한 연못
물비린내를 타고 올라 활짝 핀 어리연이
초록색 카펫 위를 걷고 있다
축축하게 이슬에 젖은 아침 햇빛을 입에 물고
물개구리가 어리연 잎을 타고 말뚝잠을 잔다

걷어내고 걷어내도 하룻밤 자고 나면
빈자리 메꾸는 개구리밥
둠배산 아래 구석진 밤
물속 달빛에 발을 딛고 달집을 푸르게 비춘다
취한 바람은 지켜보다가 일찌감치 돌아가고
남아 있는 끈적거리는 바람들이 웅성거리는 밤
부평초가 물 바닥을 온몸으로 기어가는 것은
달을 먹은 몸에 때 묻지 않게 함이다
단내 나는 바람 맞으며 오체투지 하는 승려처럼
제 몸을 낮추고 낮춰 키 재기하지 않는 삶으로
부평초는 몇 근도 되지 않는 젖은 소리를 낸다

제주 취

꽃은
늦은 가을 마지막 날 보기로 하고
텃밭 제주 취 밑둥치 잘라내는 건
새로운 싹이 돋아나길 바래서입니다

세상이
내 인생의 반을 잘라낸 것은
나머지 인생이 온전하기를
바랬기 때문입니다

질경이車前草

어머니가 그랬다

질경이는 사람들이 질경질경 밟아

찢긴 질경이가 약효가 있다고

기름지고 촉촉한 땅 엄두도 못 내고

메마른 척박한 땅 길가 납작 엎드려

수레바퀴 지나가도 살아남는다는

차전초車前草

평생을 억눌리고 밟히면서도

자식 위해 두 손을 받쳐 올려 기도하는

내 어머니 닮아

너는 꽃으로도 대접받지 못했다

길 잃어 헤맬 때

먼저 간 사람들이 밟고 지나간 널 따라가면

사람 사는 마을 나온다고

어머니가 그랬다

2부

고마리

통통하게 알이 밴 벼 이삭을 바라보며 농로를 걸어갑니다

개울가 보 아래에서 물풀이 물방울을 튀기며 흔들리고

무언가가 자꾸만 부르는 소리 들립니다

작은 보에서 떨어지는 물소리려니 하며 걸어갑니다

벌말에서 다시 돌아오는 방아다리에서

또 나를 부르는 것 같은 소리 들려

쪼그리고 앉아 귀 기울입니다

어릴 적 같이 놀던 꼬맹이 여자애들이

상갑아 상갑아 하며 부르는 것만 같았습니다

아! 거기 아랫도리를 물속에 담근 고마리들이

꽃을 활짝 펴고 말을 걸어오고 있었습니다

몸을 살짝 뒤로 숨긴 어떤 녀석은

찰랑거리며 옹알대는 물결 속에서

송사리가 발가락을 간질이는지

웃음 많은 14살 소녀처럼 헤프게 웃습니다

뽀얀 얼굴에 분홍 립스틱을 살짝 훔쳐 바르고

묘한 약 기운이라도 있는 듯한 향기를 풍기며

조그만 입술을 오물거리며 자꾸만 말을 겁니다

오던 길 돌아보니 벌말에서 집 앞까지

고마리꽃이 개울을 온통 덮고 있었습니다

난초

금강이 내려다보이는 검은거리 뒷산 느렁이
세상 떠난 할머니께 추석 성묘하고
소곡주를 나눠 마신다
길을 피해 길 없는 숲을 헤치며 내려오는 길
가랑잎 사이로
토끼가 이빨자국을 남겨 놓고 간 춘란이
두 무릎을 모으고 앉아 있다
은둔하는 듯 외로움으로 티 없이 맑다
온전함을 지키려는 듯 숨어 향기 뿜는다

계곡물 소리의 고요한 적막,
바람에 눈이 찔린 산사람이
산 아래 내려가지 않는 것은
삐걱거리는 의자에
더는 기대고 싶지 않아서일 거다
너덜거리는 살점 떼어내 널어 말리고
허물 벗은 매미처럼 마지막 울음 우는 것은

아직 도착하지 않은 삶이 있어서이다

가랑잎 위에 벌렁 드러누워

산 아래 내려가기 싫은 건

나 외롭고 싶어서, 온전하고 싶어서

달개비

꽃잎이 닭의 벼슬을 닮았다는데
아무리 봐도 파란 나비 닮았다
마디마다 뿌리내려
뽑아도 뽑아도 다시 살아난다
담장에 올려놓아야 하나
빨랫줄에 널어야 하나
뽑아서 밭둑에 올려놓아도
밤이슬 맞으면 다시 살아나고
잘못 던져 호박 덩굴에 걸린 놈
헛뿌리 내려 살아나고

달개비 밭둑에서 다시 살아나
옹송그리며 꽃을 피우고 있다
하얀 꽃잎 한 장 아래서 받쳐주고
날개 접은 파란 나비처럼
만지면 짓물러 멍들 것만 같은 꽃잎 두 장
만질까 말까 망설이는 손가락을

더듬이 닮은 수술 두 개
길게 뻗어 손가락을 핥는다

…미안하다

달맞이꽃 1

어느 결 당신이 내게 살며시 왔지요

어두운 길 어찌 왔냐고 물으니

당신은 그냥 웃으며

달빛 타고 왔다지요

문수산 성곽에 걸터앉아 쉬고 있던 보름달은

염화강을 건너 고시기* 벌판을 지나

울레기 마을 위에 떠 있었어요

밤새 달을 보며 별을 따던 당신은

활짝 벌어진 노란 꽃잎 오므려

밤새 내린 맑은 이슬 머금고

달이 후포항을 지나

석모도 앞바다에 잠길 즈음

당신은 왔던 길 뒤돌아

염화강을 건너 염창을 지나

강남으로 떠나갔어요

당신이 불빛 화려한 강남으로 간 까닭은

아무도 알 수 없어요

* 고시기 : 강화읍 앞에 펼쳐진 벌판.

달맞이꽃 2

-연희

하늘에는 종을 매달아 놓은 듯 별들이 흔들거렸지.
우산봉 꼭대기에 걸터앉은 살찐 보름달 속에
웃고 있는 그 애의 하얀 얼굴이 들어 있었어.
이내 달은 느더리보 맑은 물에 잠기고
우리는 노래 불렀지.
물 주름이 달빛을 접고
물속 보름달 새벽녘 돌아갈 때쯤
우리는 느릿느릿 느더리보를 건너기도 했어.

언제나 여름밤이면
그날 그 애와 앉아 있던 그 자리에서
나는 혼자서 달을 봐.

16살 되던 해 유월 열나흗날, 집이서 저녁 먹구
책보구 있는디 달달하니 목화솜 같은 서울말 하는
지지배 목소리가 나는겨. "상우 있어요?" 엄니가
"너 왔냐? 저 쪽 웃방에 있을겨." 방문을 확 열었지.

어려? 빤따롱 바지에 만개한 수국꽃 덩어리처럼 가슴이 툭 터질 것 같은 티샤스를 입었는디, 뒤로 묶은 머리가 허리까지 오데, 가만 보니께 연희여. 나보다 두 살 더 먹은 지지배 친군디 나를 찾아 왔네. "상우야 오랜만이네? 잘 있었어? 나가자." 부끄럽지도 않은가 서울 살다 오더니 선머시매가 되어왔네. 볼 거 뭐 있었어. 기타 둘러메고 따라 나갔지. 낯간지럽게 서울말 살살 하믄서 팔짱을 끼데. 찰싹 들러붙은 지지배 옆 가슴이 살짝살짝 스치는디, 아! 좋데. 그리고는 둘이서 뚝방 길을 걷다가 잔디가 폭신폭신한 곳에 앉았어. 보름 전날이라 금방 타온 목화솜처럼 하얗게 부풀어 오른 달도 떠오르고, 뚝방에는 달맞이꽃이 달 보려고 온통 노랗게 꽃잎을 벌리고 있었어. 키타 치믄서 노래하는 내 어깨에 한참을 지대고 있던 이 지지배가 별안간 끌어안더니 나를 지 몸 위에 올려놓데. 16살 먹은 내가 뭘 알었겠어. 심장만 벌렁 벌렁 뛰었지. 그날 연희는 나 한티

달맞이꽃 따는 법을 가르쳐 줬어. 오래토록 끌어안
고 있던 우리는 뚝방 아래 느더리보에 뜬 달이 넘어
갈 때 쯤 달과 함께 돌아갔어.

연희는 밤에만 피는 달맞이꽃이었던겨.

동자꽃

산 아래 마을에 내려가 돌아오지 않는 스님
마을을 내려다보며 기다리고 기다리다
얼어 죽었다는 동자승
양지바른 곳 묻은 자리
아기동자 닮은 둥글고 붉은 꽃 피었다

매번 내 그림자는 나를 헛디디며
봄인 듯 여름인 듯 또 가을이 슬며시 간다
계룡산 오늬탑 오르는 중턱쯤인가
산 아래 마을 내려다보며
혼자서 붉게 피어 서 있던 동자꽃
부디 떨지 말아라
아프지도 말아라

녹초가 되어 장군봉 꼭대기 바위에 앉아
북쪽 나 살던 마을 내려다본다
모든 것이 눈에서 사라졌다

그리고 모든 것이 한눈에 들어왔다
오래된 녹슨 노래의 녹을 벗기고 있을 때
가릉빈가에게 노래를 배우던 아기 새가
목구멍에서 튀어나왔다

메
−고자화鼓子花*

흠뻑 소나기 맞은 다음이면 어김없이 피는 꽃
논두렁 밭두렁에서
우동 면발 같은 메 뿌리를 캐던 어머니
가마솥에 쪄 보릿고개 허기를 달랬다
메꽃에는 달달한 꿀이 들어
개미들이 몰려와 꿀을 먹었고
아이들도 꽃을 따 꽁무니를 빨아먹기도 했다

손이 없는 짐승처럼 바닥을 핥으며 온몸으로 기었다
삶이 길 위에 있었으니까
뭔가 모자란 듯 엉뚱해서 왠지 딱하고 안쓰러운 메
바람이 들락거리며 멍울진 가슴을
슬쩍 만지고 가는 날이면
은밀하게 자란 팔은 자꾸만 아래를 더듬거렸고
아랫입술은 조금씩 붉게 물들었다

고자화라는 밑단아래 숨은 역사를 알았던 날

메는 스스로의 목을 끌어안았고 복사뼈는 울었다

미쳐 버린 채 죽어버리는 게 낫겠다는 듯

뒷골목을 떠돌다 온 바람난 명자꽃처럼

오른쪽 왼쪽 방향감각을 잃어버린 메는

목을 비틀며 접시꽃 대를 기어오른다

텃밭 두렁에 접시꽃대 감고 올라 활짝 핀 메꽃을

빨간 접시꽃이 볼을 부벼주고 있다

접시꽃대 아래 메꽃 떨어진 자리를

어리석음이 차지하고 앉아

몸을 뒤로 젖히며 하품을 한다

* 고자화 : 메는 한 뿌리에서는 번식하지 못하고 다른 뿌리
와 번식이 가능하다.

금강초롱

금강에서, 설악에서 가는 곳마다
은밀한 속살 열어 보이고
푸른 멍 같은 밤하늘을 읽었다
청초하고 신비스런 네 앞에서 무릎 꿇는 달 깊은 밤
모여든 수술들이 긴 촉수를 뻗어 고백할 때
흘러내린 보라색 치맛단이 출렁거렸다
그리고 노란 불빛 하나씩 받아먹었다
눈꺼풀 속으로 비가 내리고
발밑으로 떨어진 노란 불빛 따라
저녁을 데리고 자작나무가 왔다
자작나무 가지에 마른 미소 걸어놓고
금강초롱 달빛처럼 구부린다

민들레

바람이 부는 대로 터를 잡았다

보도블록 사이 민들레가

점자를 읽어가면서 더듬더듬 걸어가고 있다

돌담 아래 등을 기대고 앉아 있는 민들레는

햇볕을 고르며 졸고

뒷골목 돌아앉은 민들레는

골목 끝에서 발자국 소리 듣는다

한 번도 주연이 되어본 적 없다

노랗게 웃고 있을 때만 주인공이다

아침 출근 시간에 꽃잎을 열었다가

저녁 퇴근 시간 꽃잎을 오므리는 민들레

앉은뱅이 되어 밟히며 산 그 긴 시간이 끝나면

꽃대 위 솜털 같은 열매 열리고

잔잔히 부는 바람 따라

봄의 끝자락 보도블록 사이

또 한 생을 기억한다

별금자리

-벼룩나물

벼 베어낸 논에서 자라
눈 덮인 겨울을 보내고
검불 속 몰래 숨어
하얗게 작은 꽃 피운다
누가 보아주지도 않는
이윽고 질 꽃이지만
춘분과 청명 사이
별금자리는 이때뿐이라는 듯
양지바른 논두렁에
소복이 모여 하얗게 핀다

화투장 흑싸리 같은 이파리가
벼룩처럼 다닥다닥 붙어 벼룩나물이라지
건드리면 톡톡 튀어 달아날 것만 같은 별금자리
옛날 어머니 손맛 보고 싶어
뿌리 도려내고 검불 털어서 도망치지 못하게
검은 비닐봉지에 넣어 꼭 묶는다

놋대접에 벌금자리 담아

들기름 넣고 초장에 버무려 먹으면

입속에서 오도독오도독 푸른 벼룩이 뛴다

빈집

-하눌타리

늙은 독신자의 신음 같은 달빛 아래
아인슈타인의 하얀 머리 풀어헤친 듯
하눌타리꽃 신비롭게 피어
황금빛 하늘레기 하늘에 매달았다

노부부 막내아들 따라 도시로 돌아간 빈집
녹슨 철문 기둥에는
왼쪽 팔을 잃은 문패가 기우뚱 걸려 있고
창문이 여기 저기 이 빠진 듯 뚫려 있다
처마 밑에는 언제 매달아 놓았는지 모를
뿌옇게 말라버린 하늘레기가 바람에 버석거린다

바랭이와 개망초가 자리 잡은 앞마당 잡초 사이
제 그림자를 밟고 있는 뚱뚱한 항아리 속에서는
삶과 죽음의 바람소리가 걸어 나온다
발목에 걸려 넘어진 기억들은 운명이었다며
넘어진 채 하늘에 팔뚝질을 한다

빈집 담장 위로 하눌타리가
흰 머리칼을 질끈 동여매고 집을 지키고 있다

다음 생을 위해 죽음을 연습하는 이 늙은이
잠을 좀 자게 내버려 둬야겠다

산국

가을 끝자락 잘게 부서진 햇살이
산국 끝에 떨어져 꽃으로 피었다
앞치마를 두르고 채반을 든 여자
산국꽃을 따고 있다
국화 향 맡으려 얼굴을 들이밀면
미처 보지 못한 꿀벌들이
한 바가지 날아오르고
산국은 춤추는 듯 출렁거린다

소금물에 살짝 데쳐 그늘에 말리고
주둥이가 큰 유리병에
산국 향 가두어 놓았다가
부엉이 우는 겨울밤
찻잔 가득
짙은 노란 향기 가득 담는다

엉겅퀴

누구든 나를 건드리면
무사하지 못할 거라고
온몸에 빈틈없이 침을 세우면서도
관심 없다는 듯
고개를 살짝 외로 꼬고 앉아
먼데를 바라보는 몸짓으로
한 발 한 발
가까이 오라고 유혹하는 너
더는 가까이 할 수 없어
멀리서 바라볼 수밖에 없는
싸가지 없이 콧대 높은
로열패밀리의 차가운 매력
가까이서 보고 싶다
만져보고 싶다
냄새 맡고 싶다
안아 보고 싶다
사랑하고 싶다

너 진한 보라색

섬초롱

성대가 녹아 노래할 수 없었다

귀가 접혀 노래를 들을 수가 없었다

온전한 건 눈동자뿐

눈동자 속 저 너머에서 바람도 없이 춤추는 초롱꽃

그는 어깨 너머에서 초롱꽃을 끌어 온다

말하지 못하는 놈, 듣지 못하는 놈,

차라리 눈마저도 보이지 말았더라면…

가끔 그는 그를 버리고 간 솔체꽃 속에

고인 눈물을 원망했다

볼 수 있다는 것이

입술에게 미안하고 귓바퀴에게 염치없었다

그럴 때마다 등에 진 지게꼬리는

그의 등을 쓸어 내렸고

눕혀 놓은 지게에 기대고 눈을 감으면

그의 눈에서는 파란 나비가 날아다녔다

그리고 잠들어 꿈을 꾸었다

듣지도, 말하지도, 보지도 못했을 때

그는 그를 버리고 간 솔체꽃을 비로소 이해했다

말로 상처 주지 않아서

귀로 상처 받지 않아서

눈으로 험한 것 보지 않아서

그는 파란 나비를 사랑하기로 했다

초롱꽃,

이제는 굽은 허리 펴고 하늘을 보아도 될 텐데

죄스러워라

아버지…

솔체꽃

흉터를 지닌 늙은 여자의 목젖이 떨렸다
낮달을 쫓던 사슴을 따라 숲으로 가던 날
상처를 꿰맨 목젖을 타고 나오는 울음덩어리
그녀는 숲에서 보아뱀을 끌어낸다
꿀꺽꿀꺽 삼켜 뱃속에 숨겨놓았던
모든 울음들이 걸어 나왔다

발버둥 치는 망초꽃을 품에 안고 달래며
고개를 들 수 없어 엎드려 살아온 여자
어떻게든 망초꽃 입에 피리 하나 물려주려 했다
그녀의 검정 신발 뒤꿈치에는 붉은 피딱지가 맺히고
주저앉은 돌덩이로 고름이 흘렀다
눈썹달이 떠오르면 도망가려 했던 밤
그믐달은 영영 떠오르지 않았다
눈을 가리고 등에 짐을 짊어진 나귀처럼
펄쩍펄쩍 뛰며 미쳐가고 있었다
가끔은 계면조 판소리를 하며 외로운 춤을 추었다

미안하다고 했다

귀먹어 말 못 하는 아들 앉혀놓고

속이 텅 빈 바람 든 무처럼 고백을 되풀이했다

지나온 발자국들이 하나하나 지워지고 있었다

동백기름 바르고 곱게 빗어 쪽진 머리 은비녀도 꽂았다

빨간 비단 괘리 단정히 허리에 묶고 솔체꽃 꿈꾸는 듯

술 취한 요령소리에 끌려 여자는 숲으로 갔다

돌아간 자리 목이 긴 하얀 솔체꽃이 피었다

얼음새꽃

-복수초

이글루 같은 얼음집에 노란 새알 하나 품고
그믐밤 노루 발자국 소리 들으며
건달 같은 수노루가 치마 속에서 잠든 꿈을 꾼다
희미한 달빛이 이글루 틈 사이로 비집고 들어오고
건달은 치마 속에서 어제 했던 거짓말을 또 한다
달콤한 말들은 새의 겨드랑이에서 털이 돋아나게 했다

어둠이 걷히기만을 기다리고 있을 때
어디선가 건달이 부르는 노랫소리 들린다
굽은 등뼈를 펴며 아침이 일어서고 있다
마지막 숨에 이글루의 지붕이 무너지고
흰 잔설 위로 노란 새 한 마리 튀어나온다
노란 날개로 오목거울처럼 햇빛을 모으고
멀리서 들려오는 발자국 소리에 접힌 귀를 편다

건달이 하던 거짓말에 아랫도리를 더듬거리며
숙맥처럼 쏠려가던 밤을

꽃이 활짝 피고 난 뒤에야 알았다
수노루는 더 이상 오지 않았다
달콤한 거짓말도 들을 수 없었다
울어 짓무른 얼음새 꽃잎은
수노루의 발자국에 묻혀 있었다

참나리
-호랑이꽃

나리 중에 진짜 나리 참나리라 불렀다

어려서는 호랑이꽃이라 불러 괜시리 무서웠던 꽃

날아드는 호랑나비 덩달아 무서워 가까이 가지 않았다

붉게 탄 얼굴 검버섯 점점이 호랑이꽃 닮았다

고개 숙여 시든 주름 깔고 앉은 호랑이처럼

중풍으로 수족 못 쓰는 당신

아들 등에 업혀 누런 웃음이 가득하다

삶에 멱살을 움켜잡힌 목숨은

화살처럼 내리꽂는 비를

독주를 마시며 위태롭게 비껴 다녀야만 했었다

온몸으로 기며 저 밑, 바닥에 길을 냈다

희미한 죽음의 그림자를 옆구리에 끼고

주변에 쓸데없는 헛것들을 하나하나 치워가며

매조지를 져야겠다는 듯 덜걱거리는 무릎을 끈다

죽음의 냄새가 그의 어깨 위에 구름처럼 걸려있다

노래를 불러라, 춤을 멈추지 마라
당신의 등뼈 우는 소리가 내 귀를 일으켜 세울 때까지
울어라 피자두 같은 울음, 곱사춤을 멈추지 마라
굽은 골목으로 덩어리진 달이 떠오르는 밤
늙은 삶이 뿌옇게 쌓인 길 위에서 나는
당신을 업고 절룩거리며 춤을 춘다

바위나리
-돌단풍

쌍계사 시오리 벚꽃 터널

부리에 빨간물 들인 새들이 일찍부터 꽃구경 나왔는데

붉은 뺨 멧새, 박새, 새, 새들이

암컷을 찾아 온갖 혼인색을 치장하고 수작을 건다

어느새 짝을 찾아 개울가 볼 부비는 새

산속 보일 듯 말 듯 민망한 몸짓

바람났다

짝 없는 수컷

비나 사흘 밤낮 흠뻑 내리라고 심술을 부린다

쌍계사 들러 부처님께 삼배하고

계곡을 따라 오른다

정원에 붙여 놓은 분재처럼

바위나리가 바위틈에 다복다복 붙어 있다

잎보다 꽃대 먼저 올려

붉은 빛 꽃망울을 품고 소복이 앉아 있다

별 박힌 듯 하얀 꽃 피어나면

한 아름 따다가 부처님께 꽃 공양해야겠다

할미꽃

뒷산 등성이에 올라
가슴 속 불덩어리 집어던져 봤댔자
앞산 바위에 부딪혀 되돌아온 불덩어리
가슴에 도로 불 지르는 일
오면 오는 대로 가면 가는 대로
그렇게 혼자 왔다 혼자 가는 길
산도 거기 혼자 있고
강도 거기 혼자 흐른다
꽃 피고 잎 진다고
그렇게 기쁘고 서러울 일 아니다

산 중턱 비탈진 양지바른 무덤가
검붉은 자주색으로 단장한 할미꽃이
허리 구부려 앉아 있다
그 옆 백발성성한 백두옹白頭翁 할아비꽃이
산 아래를 굽어보며 허공에 절 한 채 짓는다
쪼그린 무릎 위에 두 손 포개 올려놓고
산도 거기 강도 거기
미소 짓고 앉아 있다

3부

?...

눈에 백태가 낀 어떤 사람들은
참 괜찮은 사람이라고 했다
영혼이 자유스럽다는 어떤 사람은
그 개새끼는 가증스러운 놈이라고 했다
멀리서 턱을 괴고 바라보던 이들은
입꼬리를 왼쪽 귀로 끌어 올린다

관솔, 흉터로 남은 나이테는 거기서 멈췄다
어서 늙어 병들어야 하는데
그렇게 멈춰진 나이테는 더 단단해진 옹이가 되었다
쓰레빠 신은 턱 근육이 부들부들 떨며 악을 쓸 때
내가 종이 위에 쓴 역겨운 거짓말들은
화장실에서 토사물이 되었다
흥분한 분노 조절이 방향을 잃고
구멍 난 음식물 쓰레기 봉투마냥
제 존재를 여과 없이 여기저기 질질 흘렸다
사흘 쯤 굶은 소처럼 눈을 껌뻑이고 있다가

목을 조르던 손을 풀고 허공을 본다
내가 개새끼라면
나는 네 아버지가 낳은 개의자식 이었던 거다

하수구 냄새가 지독하게 나던 날
다시는 태어나지 못하는 옹이가 되었고
디뎌온 발자국을 뒤돌아볼 이유마저 상실했다
믿거나 말거나, 씹거나 씹히거나
피범벅이 된 심장을 걸레로 닦아 다시 집어넣는다
벌벌 기던 족보 속에서
모래알이 껴 버석거리던 눈동자를 후벼 파낸다
이제 어디로 가나

잘 들 지내세요

10날하고 18날

오늘도 모여앉아 마신다
막골 병석이 후배가 대병 막소주를 두병이나 사왔다
술 떨어지면 안주가 남고 안주 떨어지면 술이 남고
이래서 채우고 저래서 채우고 하루 종일 마신다
아침저녁 서늘할 때 비료주고 약치고 하루 종일 마신다
이래 걱정 저래 걱정 이래서 웃고 저래서 웃고

농사라는 게 옛부터 이것저것 다 빼고 나면
논두렁콩 밖에 남는 게 없다는 거라
입담 좋은 주한이형님 또 한마디 한다
"당나귀 잡어 좆 빼고 나면 먹을 거 읎는겨.
농사도 똑같어. 걱정 하믄 뭐 바뀌남?
니미! 그래도 나는 매달 10날하고 18날이 질 좋더라."
?...
아!

경사

중환자실 병동,
수개월째 아버지 병수발을 하고 있는 형보 형이
보호자 대기실에서 졸고 있는데
같은 병동에서 만난 김 머시기가
활짝 핀 얼굴로 저만치서 걸어오며
박형! 박형! 부르더란다

"와 그라는데. 얼굴이 활짝 폈네.
어무이가 많이 좋아졌나배."
"박형! 경사 났다.
우리 어무이 돌아가 삤다."

감포에는 촛불 하나 밝히셨는가
–무녀

양잿물로 헹궈버리고 싶던 개 같은 날들이
천지 사방으로 따라다녔다
가끔 신을 원망하며 앞질러 가고도 싶었다
덜컹거리는 삶에 질려 갈 때쯤
조상이 물려준 역할 없는 눈썹에 대해 생각했다*

오라비의 체면이 손상될까 두려워 말 못 한 세월
타고난 대로 살으란 오라비 말에
승낙 받은 듯 운다
수십 년을 혼자 울며 견디다가 견디다가
더는 견딜 수 없어 오라비에게 고백하고
승낙 받은 듯 운다
동해 바닷가 바위 위에 무릎 꿇고 울며 기도 한다
바다 속 저벅저벅 걸어 나온 말씀들을
꼬깃꼬깃 접어 가슴에 품는다

그녀는 무녀였다

얼굴도 모르는 큰아버지의 영靈이 걱정 말라던,
다섯 살에 죽은 둘째 오라버니가 애기 동자로 와서
나도 살았으면 올해가 환갑이라며 걱정 말라던,
아하! 서풍이 불어온다**

어려울 걸세
누가 손잡고 함께 가자 했겠는가
자네가 가고 싶어 갔겠는가
험난하고 외로울 걸세
알아주는 이도 없을 걸세
겸손하고 항상 머리 숙일 줄 아는 큰 보살이 되시게
맑은 영靈을 위해 항상 기도하는 대 보살이 되시게

감포에는 촛불 하나 밝히셨는가

* 법장스님 법문 중에서
** 월주스님 법문 중에서

길이 멀으오 어서 떠나요

텅 빈 그녀의 옷장과 화장대가 삶의 바깥쪽으로 내몰려
비 오는 날의 눅눅한 방에 기능 잃은 제습기처럼 서 있다
그녀가 남긴 그믐달 같은 이야기들은
마지막 꽃 한 번 피워 보려는 듯
붉은 바람 되어 날아올랐다

무심코 밥을 먹다가 컥 하고 숨이 막힌다
입안에 든 밥도 그녀가 남긴 것
입안에 멈춰 있는 숟가락도 그녀가 남긴 것
밥솥, 금 간 투가리, 커피포트, 물병
없앨 수 없었던 의지하던 지팡이 하나
남아 있는 지팡이가 밥상을 앞에 두고
때늦은 서러움에 꺼억꺼억 운다

덩그러니 남아 있는 침대 위에서
약에 취해 있는 그녀가 초점 잃은 눈으로
병든 소녀처럼 바라보고 있다

침대에서 사라진 그녀가
마당 한쪽 다래나무 그늘에 앉아
연못에 핀 수련을 보고 있다
다가가 옆에 앉아 그녀의 머리를 쓰다듬는다
이름을 잃어버린 그녀는 눈길도 주지 않는다
끌어안는 내 손이
그녀의 등에서 가슴으로 스쳐 지나간다

산발장 구석에 그녀가 떠나기 싫은 듯
왼쪽 신발 한 짝이 조각배처럼 숨어 있다
이제는 그만 가야하는데
울컥 막히는 숨을 토해내며
두 손으로 받들어 큰물에 띄워 보낸다

길이 멀으오 어서 떠나요

꾸물거리는 하느님

낙가산 아래 무논으로 하늘이 내려와 앉아 있다
트랙터가 들어가 써레질로 하늘을 흐려놓는다
그렇잖아도 꾸물거리는 하느님의 눈이 한참을 흐렸겠다
건너편, 고압선 철탑 꼭대기에
밤을 켜려 서두르다 목이 박힌 저녁 해가 피를 흘린다
붉은 핏물 수평선 위로
새우 잡이 배가 그물을 걸고 있다

붉은 수평선 위로 걸어가고 싶은,
어쭙잖게 사람처럼 행세를 하기도 하는 그에게
청산가리보다 몇 배는 더 강한 독을 가진 가시가
사방에서 그를 노리고 있다
찔리지 않으려고 말린 뱅어처럼 작아져
비닐봉지 속에 숨어 가쁜 숨을 쉰다
사그라져 가는 기억 저편 날들의
마른 통나무 같은 명태의 등뼈를 보았다
그를 사랑하다 지친 사람들이

피 묻은 칼을 닦는 것을 보았다

오물덩어리인, 잡종 개 같은 그는
꾸물대는 하느님에게 앞서 가겠다며
죽음을 흥정하고 있는 중이다

당신께 국화꽃을 바칩니다

너무 오래 머물렀다며 당신은 떠났습니다

당신이 삶을 딛고 서 있던 거친 길도

당신이 떠나던 날 함께 따라갔습니다

오래도록 구부러진 길모퉁이에만 서 있던 바위가

겉옷을 벗고 속옷을 벗고 알몸이 되어

뜨거운 용광로에서 녹아내릴 때

바위 속에 품고 있던

바람과 비와 햇빛이 걸어 나왔습니다

그믐밤 절룩거리며 검은 웅덩이를 건너다 빠져

머리칼을 움켜쥐며 주저앉아 울던

눈물도 따라 나왔습니다

오늘

당신의 발자취는 하얀 한 켤레의 고무신으로 남아

흩어진 뼈 울음소리들을 맞추고 있습니다

혹시나 가시다가 당신이 의지하던 신을 만나거든

외로웠다 말하시고 말 잘하고 노래 잘하는

구관조에게 데려다 달라 하소서

정말로, 정말로 외로웠다 말하시고 춤 잘 추는

라이플 버드에게 데려다 달라 하소서

가시는 길

하얀 국화꽃 한 아름 안고

뒤돌아보지 말고 바삐 걸어가소서

소리 나지 않는 노랫소리

끈적거리는 여름, 난데없이 바람이 불어와
나뭇가지의 옆구리를 껴안는 바람이 부러웠었다

잿빛 얼룩이 진 하늘을 귀먹은 당나귀가
발굽에 진물이 흐를 때까지 넘고 또 넘는다
굵게 주름진 눈가에서 흘러나오는
당나귀의 소리 나지 않는 노랫소리를 듣는다
고갯마루에서 밤을 품고 죽어가는
저녁 햇빛이 흘러내린다
귀먹은 당나귀는 더 이상 걷지 못하고
석양 위에 주저앉는다

힘 좀 내보자고,
조금만 더 가면 된다 라며
말로 해 줄 수 있는 아비가 부러웠다
살기 힘들었냐며 어깨를 쓰다듬는
세상의 아비들이 부러웠다
오랫동안 늙은 아이는 아비를 미워할 수 없었다

어둠이 얼마 남지 않은 시간
푸슬푸슬하게 그림자 진 황톳빛 속으로
몸뚱이가 빠져나간 유혈목이 허물이 구불거리며
기어 온다
오늘 밤이 지나면 다시는 해가 뜨지 않는다
늙은 아이는 마지막 밤 북극성을 바라보며
소리 나지 않는 아비의 노래를 따라 부른다

아픈 친구야

-환호에게

예쁜 빈 항아리 같은 여자가
남자와 팔짱을 끼고 기울어진 골목길을 걷는다
거친 바람이 문을 두드리고 갔던 수많은 날들
남아 있는 것을 찾아보려
쌀뜸물 같은 날 더듬거려 보지만
모이면 흩어지는 것이 진리라는 것을 알아
찐득거리는 날 굿은 비처럼 중얼거리며
그는 평평한 길을 찾아 또 혼자서 가려 한다
오른쪽 옆구리에서 검은 날개가 돋아난 바람이
연못가 대나무 숲을 쓸고 요란 없이 저만치 가고 있다

그는 절룩거리는 한쪽 다리를 탱자나무에 걸어두고
학교 운동장에 버려진 어린 눈동자들을 끼워 넣었다
물집 돋은 비닐장판 위 거뭇한 무릎이 잠드는 밤
친구야! 먼저 간 사람의 표정 흉내 내지 말자
수십 길 낭떠러지에서 떨어져
산산이 조각나도 멀쩡했던 폭포수처럼

35도 모과주 술에 절어 한 번 더 놀아보자
바람 난 살구꽃처럼 우리 한 번 더 살아보자

느더리보 물속에서 보름달이 옷고름을 풀고 있다
친구야! 나가자
샘 다방 정 마담 분 냄새나 털러 가자

아궁이 두 구멍

동생 잘 만났네! 이리 좀 와봐.

왜요?

아 글쎄 동네 놈들이 나보고 나쁜 놈이라네.

왜요?

아 저기 벌말 그 과부댁 있잖어.

예. 형님이 좋아하신다면서요.

그렇지. 아 그래서 나더러 나쁜 놈이라는 거여.

형님! 나는 그렇게 생각 안 해요.

배고픈 사람 먹을 것 나눠주는 건디 그게 왜 나쁘대요?

어라? 아하! 동생이 그런 걸 다 알어?

않되 것네. 나랑 술 한 잔 하러 가세.

그 형님 그해 겨울 하루에 나무를 두 짐씩이나 해야 했다

양쪽 집 아궁이 두 불구멍에 불을 지펴야 했으니까.

차례

동네 팔각정 쉼터에
형님들이 둘러앉아 술판을 벌인다
"어제 경석이 형님 *끄*슬러서 수목장 했다네.
니미! 다음은 내 차례구만."

애먼 소주병 모가지를 확 비튼다

음흉한 저녁

-강아지풀

마을 앞 둑방 산책길
머리에 은백색의 특권을 얹고
코커 스페니얼을 앞세워 걸어오는 노을빛 여인
마주친 나에게 강아지가 꼬리를 친다
먼저 꼬리를 쳤으니 만져도 성희롱은 아니겠지
쪼그려 앉아 머릿속의 노을빛을 끄집어내며
긴 머리카락을 쓰다듬고 목덜미를 주무른다
제 영역이라도 되는 양 이 귀여운 여자
앞발을 치켜들고 내 입에 도발을 한다
음흉스러운 저녁, 당하고 말았다
낯선 은백색의 여인에게
눈인사를 하고 가던 길을 걷는다
질투라도 하는 건지 길 양쪽으로
푸른 콧수염을 기른 강아지들이
가는 목을 길게 빼고
저에게도 입술을 달라며 낭창낭창 뛴다
손바닥으로 푸른 수염을 쓰다듬으며

엉큼하게 술렁거리는 저녁을 뒤돌아본다

바람이 짖고 강아지풀이 짖는다

불쑥 길을 이탈한 음흉한 저녁도 따라 짖는다

털 속에 감춰진 발톱이 아름다운 거라고

코커 스페니얼이 귀에 대고 하던 말은 거짓이었을까

음흉스러운 발톱이 오그라든다

은백색의 관髮을 쓴 노을빛 여인

추한 내 얼굴을 멀리서 바라보며 웃고 있다

천장

–유언

나 이제 돌아가야지
나 돌아갈 때 곱게 빻은 뼛가루
잘 익은 찰밥에 섞어
주먹만 한 덩어리로 만들어 금강 어디쯤
고기밥으로 던져주면
참 좋겠다

티베트의 죽은 자처럼 천장이면 좋겠으나
내 팔 다리 자를 사람 없을 테고
내 배 갈라 내장 꺼낼 사람 어디 있겠나
새가 먹기 좋게 내 머리뼈 잘게 부술 사람은,
하늘로 오르긴 그른 것 같아
내 몸 물고기가 먹고
그 물고기 새가 먹어
혹, 하늘로 오를 수 있다면
참 좋겠다

나의 침대 주변이 조용해지거든

울음소리 나지 않게 단속해주고

너무 슬프지 않은

너무 경쾌하지도 않은

잔잔한 기타연주 음악 틀어주면

참 좋겠다

침묵

침묵하는 비명 소리가 얼어붙은 땅속 깊이 파고든다
맞아 죽는 개에게 무슨 이유가 필요한가
토치 불에 지글거리며 검게 탔다
익은 뱃가죽은 쩍쩍 갈라지며 터질 듯이 부풀었고
개의 항문에서는 미처 소화되지 않은
온갖 욕설 같은 것들이 흘러나왔다

느닷없이 담 너머에서 날아든 돌멩이에
뒤통수를 얻어맞고
휘청거리며 끌려가는 운명이 초라한 저녁
장수말벌에게 꼭꼭 씹힌 나나니벌처럼
아물지 못한 상처에 흐느끼다가
더는 울 수 없다는 듯 헛헛하게 웃는다
구들장 아래 불을 먹고 자란 그름의 검은 침묵처럼
빛이 끊긴 심해의 어둠 속에서 더듬거리며
썩은 비늘 같은 보고 싶은 얼굴들을 하나하나 지운다
거품 물던 허풍은

뒷간 구석지의 밑씻개 검불처럼 웅크리고 앉아있다

어디선가 헛것 같은 것이 다가와
싱긋 웃고 다급하게 간다

평온하여라

물비린내로 튀겨 낸 듯,
꽃인지 열매인지 알 수 없는 부들이
하늘을 한 움큼 쥐고
발가락을 간질이는 작은 붕어 떼에게
신경을 곤두세운다
꽃잎도 향도 없어 벌 나비도 외면 한다
늦가을 모두 말라버려 누워 있는 잡초들 밟고 서서
지난여름 사연들이 울컥 떠올라
우물 속 침묵처럼 서 있다

핫도그도 되었다가 솜사탕도 되었다가
부들부들 떨면서 솜털 같은 씨앗 털어
양팔을 휘저으며 온 바람 따라 또 한 생을 보낸다

골고다 언덕 오르는 예수의 손에
누군가 부들을 쥐여줬다던가
그때도 꽃말이 있어 순종일까?

텅 빈 듯한 충만일까?

무언 속의 알 수 없는 심연의 깊이를 의미하는 걸까?

덜 핀 부들꽃 하나 꺾어 들어 본다

손에 든 부들 끝으로 붉은 배 잠자리 한 마리

날아와 앉는다

아하!

포수
-돼지열병

눈알은 **빨갛게** 핏발이 서있었고
두발로 걸으며 왕도마뱀처럼
끈적끈적 거리는 침을 흘렸다
짐승이 한 발짝씩 발을 옮길 때마다 지층이 흔들렸다
지상의 힘없는 것들은 나무 위로 튀어 오르고
하얗게 눈이 내린 골짜기에서는
깨진 사금파리 같은 울음소리가 언 땅을 긁었다
그날,
사나운 검은색 달이 땅으로 내려왔다
그리고 세상은 고요해졌다

밤 짐승들의 울음소리 들으며 어둠속 꿈을 꾸다가
희미한 새벽 그림자가 그들을 찾아올 무렵
위치추적기를 목에 건 사냥개를 앞세우고
돼지열병의 근원을 찾아 포수들은 산을 올랐다
마리당 20만원,
피 묻은 지폐를 꼬질꼬질한 조끼주머니에 쑤셔 넣는다

도착하지 않은 생각들을 가늠조차 못한

긴 그림자는 숲속에 버려졌다

삶은 죽음을 뒤따라가며 알 수 없는 웃음 짓는다

계곡 아래 무릎이 꺾인 습한 바람은 다리를 절고

그들의 머리 위에서는 검은색 달이 또 서성거린다

푸른 엉덩이

거들먹거리는 갈대밭의 서걱대는 인연들을
때려치우고 싶은 오후
푸른 피 냄새가 밴 엉겅퀴의 등허리에
멍든 물을 뒤집어쓴 뒤쪽이 늘 궁금했다

엉덩이에 들러붙은 찐득찐득한 몽고반점을 떼어내
명자나무 가지 위에 잠시 걸어두고
발목이 부러진 기억은 턱을 괴고 앉아 눈을 감는다
거스를 수 없는 몽고반점에 대한 역사의 문제를
독백처럼 우물거린다

날이 저물기만을 기다리는 늙은 염장이는
매번 나를 헛디뎠다
끈질기게 들러붙어 따라다니는 푸른 엉덩이에서
서리 맞은 뼛조각들이 삐죽삐죽 돋아났고
한나절을 유폐당한 허수아비처럼
푸른 엉덩이에서는 죽음 냄새가 맴돌았다

눈가리개를 한 말은 야생 낙타가죽 채찍 소리에

왔던 길을 운명처럼 돌고 또 돈다

시침이 멈춘 오후 두시

날개가 이미 녹아 없어진 죽은 왕바다리를 입에 물고

끈끈이주걱이 절룩거리며 걸어오고 있다

허리가 잘린 말들

도회지 어느 떠밀린 뒷골목에서 그 애를 봤다는데
눈 내리는 지난겨울 덜컥 애를 배 갖고 왔다는데
사람이 애를 만들 때는 소리 소문 없이 만들고
낳을 때는 동네 사람 다 들으라고
소리소리 지르는 거라며
조개껍질 속에 가득하던 소리들이
팝콘처럼 튀어나온다
죽은 말들을 조문하듯
검은 똥을 넥타이처럼 매달은 멸치 대가리들이
쟁반 한쪽을 차지하고 앉아 있다

쉼터방 안으로 허리가 잘려나간 말들만 들락거렸다
심심한 말들은 옆구리도 쑤셔보고
귓바퀴도 잘근잘근 씹어 본다
방 벽에는 계절도 없는 싱거운 말들만
주렁주렁 걸려 있다
옥상에 내걸린 새마을기는

또 다른 흐릿한 말들에 귀를 기울이고

펄럭이는 바람을 읽으며 신경을 곤두세운다

허풍 떨던 질긴 날들

쉼터 양달에 동내 아주머니들이 모여 앉아
부침개를 부쳐 놓고 소주를 마신다
얼큰해진 장기 댁이 한마디 한다
"자고로 남편 밥은 죽지 않을 만치만 퍼줘야 하는 겨"
"왜요"
"아 많이 믹이믄 심 남아서 딴짓 하는 겨"
"아이고 안 그류 잘 믹이믄 저녁이 다 돌아와유"

젊은이들 다 떠나버리고 늙은 엄마 아버지들만 남아
철 지난 묵은 농담으로 시간을 때운다
차츰 맥이 죽어가는 그믐달처럼
하루하루 불길하게 차례를 기다리는 판수 아버지는
잘근잘근 씹어보고 싶은 말들을 입술만 달싹 일뿐
전동휠체어 위에서 희미하게 눈으로만 웃는다

삶은 늘 비가 오는 달 없는 밤 같아
축축하게 젖은 바람 업고 살았다

아무리 그래도 소주잔을 털며 허풍떨던

질긴 날들 엊그제만 같은데

이족보행 한 생을 허탕 친 것만 같아

불에 덴 듯 터질 것 같은 심장을 싸맨 채

두어 뼘 기울어진 골목길로 전동휠체어를 몰고 간다

착각하며 사라지는 것

밖에서는 장맛비가
거꾸로 서서 입을 첨벙거린다
뭐라는지 뒤돌아보면
헛것을 본 것처럼
허한 것

한 방울의 비가
긴 장대처럼 저를 착각하다
첨벙 사라지는 순간처럼
나도 당신도
긴 장대 같은 인생 착각하다
그렇게 첨벙하며 사라지겠지

사랑해요
그냥 밖에 내리는 비처럼
빗방울이 벙긋하며
사라지는 순간처럼
그냥
그렇게 사랑해요

황홀한 죽음

아물어 가며 근질거리는 상처를 득득 긁어 덧나던 밤
오래전에 죽은 삶에서 사체 썩는 냄새가 났다
장맛비는 내리 사흘을 내리고…
허공인들 내리는 비를 어찌하나

그 비 따라가면
낮은 바다 위로 하늘이 앉아 있을 거라
그곳에는 저벅저벅 걸어 들어간 화엄도 있을 거라
보름밤 늙은 늑대의 울음소리 들리거든
귀먹고 먼눈으로 울음소리 따라가면 되는 거라
잡종개가 제 음부를 킁킁거리며 핥던
비린내 나는 손거울도 가지고 가는 거라
가서 우레와 같은 침묵으로 떠 있으면 되는 거라
오래된 삶이 죽음처럼 떠 있으면 되는 거라

전원의 서정과 평상심의 세계 | 고명수

전원의 서정과 평상심의 세계

고명수 | 시인·전 동원대 교수

1. 회감의 서정을 노래하는 전원시인

임상갑의 시는 전원의 서정으로 가득하다. 전원이란 원래 축복과 풍요의 낙원을 의미한다. 동양의 무릉도원武陵桃源이 상상 속에서만 존재했다면, 서양의 아르카디아Arcadia는 고대 그리스 중부의 초원지대로 목축을 생업으로 하는 고립된 지역을 의미했다. 그것이 후에 전원의 이상향을 의미하게 되었다. 임상갑이 머물러 살고 있는 전원에는 지난 시절의 추억들이 깃들어 살고 있다. 또한 시인이 은둔하여 살고 있는 전원에는 혼자 버려진 듯한 슬픔과 환경파괴에 대한 분노가 있고, 온전한 삶에의 희망들이 교차하는 공간으로서 그곳은 시인이 일상의 소소한 행복을 꿈꾸는 장소이기도 하다.

통통하게 알이 밴 벼 이삭을 바라보며 농로를 걸어갑니다
개울가 보 아래에서 물풀이 물방울을 튀기며 흔들리고
무언가가 자꾸만 부르는 소리 들립니다
작은 보에서 떨어지는 물소리려니 하며 걸어갑니다

벌말에서 다시 돌아오는 방아다리에서
또 나를 부르는 것 같은 소리 들려
쪼그리고 앉아 귀 기울입니다
어릴 적 같이 놀던 꼬맹이 여자애들이
상갑아 상갑아 하며 부르는 것만 같았습니다

－「고마리」 부분

　위의 시에서 화자는 벼가 익어가는 농로를 걸어가며 자연의 소
리에 귀를 기울인다. 화자를 따라오며 들리는 그 소리에는 시간
의 저편에서 들려오는 어릴 적 동무들의 음성이 묻혀 온다. 화자
의 귀를 통해 들려오는 그 소리는 곧 시간의 장벽을 넘어서 들려
오는 기억 속의 소리이지만, 현실적으로는 "고마리"들의 소리이
다. "웃음 많은 14살 소녀처럼 헤프게" 웃는 그것은 기억 속의 동
무를 연상시키는 "고마리"가 환기하는 추억의 소리이기도 하다.
이러한 추억과 회감의 서정은 "강남으로 떠나"간 대상을 그리워
하는 「달맞이꽃 1」이나, 좀 더 구체적으로 "연희"라는 추억 속
의 여성을 그리워하는 「달맞이꽃 2」에서도 진하게 묘사되고
있다. 이처럼 임상갑의 시에 등장하는 화초들은 "가슴 한쪽 주먹
만 한 사연"(「각시취」)들을 지닌 대상들을 환기시키며 추억 속
의 인물들을 소환하고 있다. 달콤한 낭만적 감성과 꿈을 자극하
는 이야기들을 품고 있는 임상갑의 전원시들은 각박한 도시에서
살아가는 현대인들의 메마른 가슴을 촉촉이 적셔주기에 부족함
이 없다. 화자가 이처럼 전원에 머무는 것은 아마도 다음의 시에
서 보는 것처럼 "삐걱거리는 의자에 더는 기대고 싶지 않아서"
일 것이다.

금강이 내려다보이는 검은거리 뒷산 느랭이
세상 떠난 할머니께 추석 성묘하고
소곡주를 나눠 마신다
길을 피해 길 없는 숲을 헤치며 내려오는 길
가랑잎 사이로
토끼가 이빨자국을 남겨 놓고 간 춘란이
두 무릎을 모으고 앉아 있다
은둔하는 듯 외로움으로 티 없이 맑다
온전함을 지키려는 듯 숨어 향기 뿜는다

계곡물 소리의 고요한 적막,
바람에 눈이 찔린 산사람이
산 아래 내려가지 않는 것은
삐걱거리는 의자에
더는 기대고 싶지 않아서일 거다
너덜거리는 살점 떼어내 널어 말리고
허물 벗은 매미처럼 마지막 울음 우는 것은
아직 도착하지 않은 삶이 있어서이다
가랑잎 위에 벌렁 드러누워
산 아래 내려가기 싫은 건
나 외롭고 싶어서, 온전하고 싶어서

－「난초」 전문

위의 시에서 보듯이 화자는 "길을 피해 길 없는 숲을 헤치며"
살고 싶은 은둔자이다. 화자는 비록 은둔하여 외로울지언정 "맑
게" 살고 싶은 사람일 것이다. 그리고 티 없이 맑은 자연 속에서
외롭게 살면서 "온전함"을 지키고 싶은 것이 아닐까? 그것은 지

나 온 화자의 삶이 결코 온전한 삶이 아니었으며 진정으로 원하는 삶이 아직은 "도착"하지 않아서 일 것이다. 즉 화자는 "허물 벗은 매미처럼" 마지막 울음을 울고 싶은 것이다. 그것은 대체로 중년의 시기에 도달한 사람이 자신의 지난 삶을 되돌아보면서 갖게 되는 자기실현의 욕구에서 말미암는다.

은둔은 흔히 세상에 대한 환멸이나, 결벽증, 혹은 타고난 염세주의에서 온다고 한다. 그러나 웰빙(well-being)을 추구하는 현대 사회에서는 오히려 자연 친화적 삶이 삭막한 도시에서 지친 심신을 치유하고 좀 더 여유로운 정신세계와 고상한 삶을 추구하기 위해 자발적으로 선택하는 경우가 많다. 사람으로 인한 즐거움보다 자연이 주는 것이 기쁨이 훨씬 크다. 삶에서 입은 상처도 자연 속으로 다가갈 때 치유가능성이 더 높아질 것이기 때문이다.

2. 삶의 근원적 부조리와 한의 승화

임상갑 시의 화자는 세상의 중심에서 소외되어 있다. 그는 "한 번도 주연이 되어본 적이 없다"(「민들레」). "세상에 혼자 버려진 듯한" 그는 가슴이 허하고 슬픔의 정서로 미만해 있다. 그러한 정서는 "이것저것 다 빼고 나면/ 논두렁콩 밖에 남는 게 없다"(「10날하고 18날」)는 농사에서 기인하는 열악한 농촌의 현실에서 오는 것일 수도 있고, 삶이 지닌 본질적 숙명성에서 필연적으로 수반되는 것일 수도 있을 것이다. 그래서 그의 시에서는 짠내가 난다.

소래포구 염전습지
갈대꽃이 무희들의 풀어헤친 갈색 머리칼이 되어
달빛 따라 흐른다
너는 조용히 흔들거렸다
부러지지 않겠다는 듯 흔들거리는 갈대 사이
세상에 혼자 버려진 듯한
복받치는 슬픔의 깊은 곳에서
너는 여럿 울렸다

덕적도를 돌아 불어온 바람은
너의 텅 빈 가슴 속으로 파고들어
하얗게 말려 주름진다
서걱거리는 바람에 알몸이 되어
굵은 핏줄 솟아오른 너의 발등 위로
소금꽃 핀다

고요한 사내의 목젖이 너의 앞섶을 끌어당기는 밤
눈먼 너의 입술은 노래였고
그 노래는 숨어 우는 작은 흐느낌이었다

－「갈대」 전문

위의 시에서 화자는 인연의 "바람" 따라 갈대처럼 조용히 흔들
린다. "소래포구 염전습지"와도 같은 사바세계를 떠도는 신산한
그의 삶은 흔들리기는 해도 "부러지지 않겠다는" 힘겨운 의지로
삶을 견뎌낸다. 온전한 삶에서 내쳐진 듯한 화자의 감정은 갈대에
투영되어 "복받치는 슬픔의 깊은 곳"에서 터져 나오는 울음을 삼
키고 있다. 그러한 삶을 견디며 떠도는 화자의 발등에는 "굵은 핏

줄"이 솟아오르고 "소금꽃"이 핀다. 그러므로 고요한 "목젖"으로
부르는 사내의 노래는 "숨어 우는 작은 흐느낌"으로 다가온다.

> 침묵하는 비명 소리가 얼어붙은 땅속 깊이 파고든다
> 맞아 죽는 개에게 무슨 이유가 필요한가
> 토치 불에 지글거리며 검게 탔다
> 익은 뱃가죽은 쩍쩍 갈라지며 터질 듯이 부풀었고
> 개의 항문에서는 미처 소화되지 않은
> 온갖 욕설 같은 것들이 흘러나왔다
>
> 느닷없이 담 너머에서 날아든 돌멩이에
> 뒤통수를 얻어맞고
> 휘청거리며 끌려가는 운명이 초라한 저녁
> 장수말벌에게 꼭꼭 씹힌 나나니벌처럼
> 아물지 못한 상처에 흐느끼다가
> 더는 울 수 없다는 듯 헛헛하게 웃는다
>
> ─「침묵」 부분

위의 시에서 화자는 삶의 근원적 부조리와 모순성을 "맞아 죽는
개"와 "느닷없이 담 너머에서 날아든 돌멩이에/ 뒤통수를 얻어맞"
는 상황에 비유하고 있다. 인간은 누구나 본인의 의지와 상관없이
이 세상에 던져졌고, 이 세상은 자체적인 논리와 법칙에 의해 냉
혹하게 굴러간다. 그러한 삶에 대한 화자의 감정은 무기력감과 분
노이다. 화자는 그저 "휘청거리며" 운명에 끌려가고 있을 뿐이다.
그러므로 부조리한 삶에서 오는 상처는 근원적으로 아물 틈조차
없다. 화자는 그저 "헛헛하게" 웃으며 알 수 없는 심해의 어둠 속

을 "더듬거리며" 나아간다. 화자는 그저 "상처를 꿰맨 목젖을 타고 나오는 울음덩어리"를 끌어안고 "외로운 춤"(「솔체꽃」)을 추며 앞으로 나아갈 뿐이다. 이러한 삶 속을 걸어가는 화자의 삶은 언제나 덜컹거리고, 화자는 그러한 삶에 점차 질려간다.

> 어려울 걸세
> 누가 손잡고 함께 가자 했겠는가
> 자네가 가고 싶어 갔겠는가
> 험난하고 외로울 걸세
> 알아주는 이도 없을 걸세
> 겸손하고 항상 머리 숙일 줄 아는 큰 보살이 되시게
> 맑은 영靈을 위해 항상 기도하는 대 보살이 되시게
>
> 감포에는 촛불 하나 밝히셨는가
> ─「감포에는 촛불 하나 밝히셨는가─무녀」 부분

위의 시에서 화자는 어긋나고 부조리한 삶에 휘둘리다가 "동해 바닷가 바위 위에 무릎 꿇고 울며 기도"한 끝에 마침내 "바다 속 저벅저벅 걸어 나온 말씀들을" 만난다. 그리고 그것을 "꼬깃꼬깃 접어 가슴에 품"고 험난한 무녀의 길, 보살의 길, 시인의 길을 간다. 시인은 무당처럼 영혼의 소리를 글로 풀어내는 자들이다. 그처럼 깊은 영혼의 울림을 줄 수 있는 언어를 만나기 위해서는 삶의 신산을 두루 겪어보아야 한다. 그렇게 때문에 시인의 길은 사제司祭의 길인 동시에 곡비哭婢의 길이어야 한다. "감포에 촛불 하나 밝히"듯이 시인은 삶의 부조리와 모순에서 오는 깊은 고통과 한을 승화시켜 치유의 노래를 독자들에게 들려주어야 한다.

3. 불교적 세계관과 평상심의 세계

삶의 부조리와 모순성은 숙명적으로 인간에게 깊은 고통을 안겨준다. 불교에서는 삶이 본질적으로 고통의 바다苦海라고 말한다. 태어나고 늙어가고 병들고 죽어가는 고통 외에도 사랑하지만 헤어져야만 하고 미워하지만 만나야 하기도 하고, 구해도 얻어지지 않으며 무엇보다도 육체가 지닌 수많은 고통으로 가득한 우리 삶을 붓다는 일체개고一切皆苦라고 규정하였다. 그러므로 고통 없는 삶은 있을 수 없다. 고통이란 모든 것이 무상無常하고 잡을 수 없고 실제로 알 수 없다는 심오한 사실을 느끼는 의식적인 또는 무의식적인 경험을 말한다. 고통은 모든 것이 변해간다는 무상성과 본디 내 것이 아무것도 없는데 '내 것'이라고 집착하는 아집我執에서 온다고 말한다. 이러한 진리를 깨우치면 업의 윤회를 멈추고 극락의 삶을 살 수 있는데, 그렇지 못한 경우에는 업보의 윤회를 반복하며 고통을 받는다는 것이다.

축원 기도 마친 주지스님이 가면서 먹으라고 잘 말린 곶감을 안겨 주신다 백양사 돌아 나오는 눈 덮인 숲길, 수백 년 된 갈참나무 밑둥치에 허리를 구부린 잔나비걸상버섯이 동자승 기도하듯 웅크리고 앉아 있다 가지 위로 나무인지 풀인지 알 수 없는 겨우살이가 흰 눈을 불도화 마냥 머리에 쓰고 부처님처럼 앉아 있다 겨우살이 앉은자리는 젖 물린 어미의 상처 난 젖무덤처럼 울퉁불퉁 부어 있다 평생을 흙 한 번 밟지 않고 어미나무에 붙어사는 겨우살이, 금생이 전생의 연속이라면 겨우

살이 지은 선업善業 참으로 컸겠다

　백양사에서 내장사로 넘어가는 얼어붙은 고갯길 누군지 길
만든 사람 고생 좀 했겠다고 중얼거리니 운전석 옆자리 주무
시는 큰 스님이 잠꼬대를 하신다 길 닦는 놈 따로 있고 길 가는
놈 따로 있다는

－「겨우살이洞靑」 전문

　위의 시에서 화자는 눈 덮인 겨울 숲에서 "겨우살이"를 발견
하고 그 자태를 "부처님처럼 앉아 있다"고 묘사한다. 그리고 "평
생을 흙 한 번 밟지 않고 어미나무에 붙어사는 겨우살이"의 행운
을 칭송한다. 왜냐 하면 그러한 행운은 그저 주어지는 것이 아니
라 겨우살이가 지은 "선업"이 컸을 것이기 때문이라고 말한다.
여기에 화자의 불교적 세계관이 나타난다. 즉 이생의 삶은 전생
의 업보라는 것과 그러한 업에 의해 우리의 삶이 윤회한다는 인
식이 그것이다. 이러한 세계관에 견주어서 보면 어미의 사랑 안
에서 고통 없이 평생을 흙을 밟지 않고 살 수 있다는 것은 참으로
복 받은 삶일 수밖에 없을 것이다. 하지만 대부분은 인간들은 어
머니로부터 강제적으로 분리되어 삶의 무거운 짐을 지고 살아가
야 한다. 마지막에 나오는 "길 닦는 놈 따로 있고 길 가는 놈 따로
있다"는 큰 스님의 잠꼬대도 이러한 불교적 세계관을 잘 반영하
고 있다. 즉 사람은 각자 타고난 업보대로 살다간다는 인식 말이
다. 이승에서의 삶은 그저 인연 따라 "맨발"로 걸어가는 것이 아
닐까?

내 그림자 속에서
썰물과 밀물 사이를 떠밀리며 칠게처럼 잠을 잤어
먼 곳도 가까운 곳도 아닌 지금 여기
몸이 허물어져 가는 이 공간보다 더 큰 공간은 없는 거라
빈 논에 혼자 남은 허수아비처럼
언젠가는 그냥 주저앉는 거야
생겼다 사라지는 날 그믐달처럼 울지는 말아야지
나도 그냥 가을 따라 맨발로 걸어가는 거야

$\qquad\qquad\qquad\qquad\qquad\qquad$ ―「까마중」 부분

　위의 시에서 화자는 자신의 "그림자" 속에서 잠을 잤다고 말한다. "그림자"란 융의 심리학에서 인간의 어둡고 사악한 동물적인 측면을 가리키는 용어로 쓰인다. 인간의 행동에서 발견되는 공격성, 잔인성, 부도덕성, 통제하기 어려운 정열 등이 그 대표적인 예라고 한다. 그것은 하나의 무의식으로서 인간행동의 뒤에 숨어 있지만 자신도 모르는 사이에 언제든지 겉으로 드러날 수 있다. 화자는 그러한 무의식의 그림자 속에서 "썰물과 밀물 사이를 떠밀리며" 잠을 잤다고 말한다. 중요한 것은 무의식 속에 존재하는 과거나 미래의 시간이 아니라 "먼 곳도 가까운 곳도 아닌 지금 여기"이며, 사바세계인 이곳은 "몸이 허물어져 가는 공간"이라고 말한다. 사대四大가 인연 따라 이합집산離合集散하는 육신이란 "빈 논에 혼자 남은 허수아비처럼/ 언젠가는 그냥 주저앉는" 것이다. 그러니 "생겼다 사라지는 날" 즉 죽는 날에도 "그믐달처럼 울지는 말아야지"하고 스스로 다짐하며 화자는 "나도 그냥 가을 따라 맨발로 걸어가는" 거라고 말한다. 즉 인연에 따라 순명順命의 삶을 살겠다는 것이다. 그것은 곧 "오면 오는 대로 가면 가는

대로" 살다가는 것이 인생길이기 때문이다.

> 뒷산 등성이에 올라
> 가슴 속 불덩어리 집어던져 봤댔자
> 앞산 바위에 부딪혀 되돌아온 불덩어리
> 가슴에 도로 불 지르는 일
> 오면 오는 대로 가면 가는 대로
> 그렇게 혼자 왔다 혼자 가는 길
> 산도 거기 혼자 있고
> 강도 거기 혼자 흐른다
> 꽃 피고 잎 진다고
> 그렇게 기쁘고 서러울 일 아니다
>
> 산 중턱 비탈진 양지바른 무덤가
> 검붉은 자주색으로 단장한 할미꽃이
> 허리 구부려 앉아 있다
> 그 옆 백발성성한 백두옹白頭翁 할아비꽃이
> 산 아래를 굽어보며 허공에 절 한 채 짓는다
> 쪼그린 무릎 위에 두 손 포개 올려놓고
> 산도 거기 강도 거기
> 미소 짓고 앉아 있다
>
> ─「할미꽃」 전문

위의 시에서 화자는 "꽃 피고 잎 진다"고 기뻐하거나 서러워하지 않는 담담한 삶의 자세를 보여준다. 탐욕과 분노와 슬픔의 마음을 내려놓고 삶의 숙명을 조용히 받아들이고 관조하며 미소 짓고 있는 "할미꽃"처럼 살자고 말한다. "산도 거기 혼자 있고/ 강도 거기 혼자"흐르니 원숭이처럼 간사하게 움직이는 마음에 휘둘리지 말고 삶을 관조하며 담담히 받아들이는 수용受容의 자세는 곧 일상 속의 소소한 삶의 행복을 누리는 평상심의 세계로 나아간다.

> 어둠속 웅덩이를 첨벙첨벙 걸어가며
> 그는 그제야 얼핏 알았다
> 물고기가 물속에서 행복을 찾고 있었다는 것을
> 세 잎 크로바를 질겅질겅 밟으며
> 네 잎 크로바를 찾고 있었다는 것을
> 행복을 깔고 앉아 행운을 찾으며
> 그는 풀밭에서 소멸되고 있었다
>
> — 「네 잎 크로바」 부분

위의 시에서 화자는 "어둠속 웅덩이"의 삶을 거쳐 비로소 일상 속에 존재하고 있었던 삶의 행복을 발견했다고 말한다. 그것은 마치 "물고기가 물속에서 행복을 찾고 있었"던 것이었다는 사실의 자각이다. 즉 "행복을 깔고 앉아 행운을 찾고 있었"던 사실을 새삼스럽게 깨우치고 있다. 화자의 눈에서 어둠과 무명의 비늘이 떨어지니 비로소 지금 여기가 극락임을 깨닫고 있다. 이것은 결국 "모든 것이 마음의 작용一切唯心造이라는 불교사상의 핵심을 보여준다.

4. 감각적 이미지로 짠 정경교융의 시

시인 임상갑은 탁월한 시적 묘사능력을 지녔다. 그는 매우 섬세한 감각으로 사물을 묘사하면서 그 대상을 통해 삶의 이야기를 풀어나가는 데 뛰어난 재주를 지녔다. 이것은 물론 하루아침에 이루어진 것은 아닐 것이다. 사물의 이면을 세밀하게 바라보는 관찰력과 섬세한 언어구사 능력이 바탕이 되어야 가능한 일이다. 이는 오랜 시간의 시적 내공을 거쳐서 가능한 일일 것이다.

> 화투장 흑싸리 같은 이파리가
> 벼룩처럼 다닥다닥 붙어 벼룩나물이라지
> 건드리면 톡톡 튀어 달아날 것만 같은 벌금자리
> 옛날 어머니 손맛 보고 싶어
> 뿌리 도려내고 검불 털어서 도망치지 못하게
> 검은 비닐봉지에 넣어 꼭 묶는다
>
> 놋대접에 벌금자리 담아
> 들기름 넣고 초장에 버무려 먹으면
> 입속에서 오도독오도독 푸른 벼룩이 뛴다
> ―「벌금자리-벼룩나물」 부분

위의 시는 감각적 묘사가 돋보인다. "화투장 흑싸리 같은 이파리가 벼룩처럼 다닥다닥 붙어"있다는 시적 묘사는 마치 사진을 보듯 명징한 이미지를 보여준다. 시 속에 그림이 있고, 그림 속에 시가 있는 詩中有畵 畵中有詩의 세계이다. "건드리면 톡톡 튀어 달아날 것만 같"아서 검은 비닐봉지에 넣은 다음 "들기름 넣고 초장에 버무려 먹으면/ 입속에서 오도독오도독 푸른 벼룩이 뛴다"는 표현은 시각과 더불어 미각과 청각이 동원되는 공감각적 묘사의

극점을 보여준다 할 것이다. 다음의 시를 보면 그 묘사가 너무도 감각적이어서 에로틱하기까지 하다.

> 손바닥으로 푸른 수염을 쓰다듬으며
> 엉큼하게 술렁거리는 저녁을 뒤돌아본다
> 바람이 짖고 강아지풀이 짖는다
> 불쑥 길을 이탈한 음흉한 저녁도 따라 짖는다
> 털 속에 감춰진 발톱이 아름다운 거라고
> 코커 스페니얼이 귀에 대고 하던 말은 거짓이었을까
> 음흉스러운 발톱이 오그라든다
> 은백색의 관髮을 쓴 노을빛 여인
> 추한 내 얼굴을 멀리서 바라보며 웃고 있다
> ─「음흉한 저녁─강아지풀」 부분

위의 시에서 화자는 의인법과 활유법을 동원하여 강아지풀을 묘사하고 있다. 산책길에서 만난 강아지풀을 강아지라는 동물과 연계시켜 생동감 있게 묘사한 다음, 이를 다시 "은백색의 관을 쓴 노을빛 여인"의 이미지로 발전시키고 있다.

서정시는 대개 시인의 객관적 사물에 대한 묘사와 주관적 정감의 표현이라는 양자의 통일, 즉 정경교융情景交融에 의해 이루어진다. 작품 구상 시에 시인의 머리 속에 떠오르는 사물의 표상을 '경'이라고 한다면, 가슴 속에 있는 사상과 감정을 '정'이라 할 수 있다. 창작과정은 바로 경과 정이 융합하는 과정이라 할 수 있다. 시인은 사물을 보는 자見者인 동시에 몽상을 하는 자이다. 삶의 어느 한 순간 눈에 포착된 하나의 사물을 통하여 자신의 내면세계를 시에 투영한다. 그 몽상을 통하여 시인은 자신의 영혼의 구조를 드러내는 동시에 자신의 감정과 세계관을 투사한다.

임상갑의 시는 뛰어난 감각적 묘사능력을 바탕으로 다양한 식물학 지식을 동원하여 화려한 화초본의 향연을 펼치고 있다. 여기 등장하는 식물들은 하나같이 구구한 사연들과 이야기들을 지니고 있어 읽는 재미를 더해준다. 중년에 접어든 임상갑의 시는 지난 시절의 추억을 회상하는 회감의 서정을 바탕으로 전원의 삶을 보여준다. 달콤한 낭만적 감성과 꿈을 자극하는 이야기들을 품고 있는 그의 전원시들은 각박한 도시에서 살아가는 현대인들의 메마른 가슴을 촉촉이 적셔주기에 부족함이 없다. 임상갑 시의 화자는 티 없이 맑은 자연 속에서 은둔하듯이 외롭게 살면서도 "온전함"을 지키고자 한다. 그의 시는 삶의 부조리와 모순에서 오는 깊은 고통과 한을 승화시켜 "작은 흐느낌"의 시를 들려준다. 임상갑의 시는 불교적 세계관을 바탕으로 하여 업보와 윤회의 고통을 벗어난 평상심의 세계, 인연에 따라 조용히 삶을 수용하는 순명順命의 삶을 지향한다. 이러한 그의 시가 더욱 깊어지고 정교해져서 삶의 지표를 상실하고 방황하는 현대인들에게 온전한 삶의 방향을 제시하고 나아가 아름다운 전원의 향수를 일깨우는 휴식과 위안의 시가 되기를 기대한다.

불교문예시인선 • 038

감포에는 촛불 하나 밝히셨는가

©임상갑, 2021, Printed in Seoul, Korea

초판 1쇄 인쇄 | 2021년 7월 19일
초판 1쇄 발행 | 2021년 7월 26일

지은이 | 임상갑
펴낸이 | 문병구
편집인 | 이석정
편 집 | 구름나무
디자인 | 쏠트라인saltline
펴낸곳 | 불교문예출판부

등록번호 | 제312-2005-000016호(2005년 6월 27일)
주   소 | 03656 서울시 서대문구 가좌로2길 50
전화번호 | 02) 308-9520
전자우편 | bulmoonye@hanmail.net

ISBN : 978-89-97276- 51-6 (03810)
값 : 10,000원